김형식 제6시집

성탄절에 108배

한누리미디어

바람난 시비詩碑

추수하는 농부의 기분으로 여섯 번째 시집을 엮어 낸다
'성탄절에 108배' 라는 이름표를 달아 내놓는 이번 시집이 모든 이의 식탁에서 영적 양식으로 사랑 받았으면 좋겠다

天地人을 스승 삼아 내 안에 해와 물과 아내를 두고 지은 농사다

안해는 나의 그늘에 앉아 그림을 그리고 나는 시를 짓고 있다

시는 여행이다 오늘은 쿠바 코히마르 해변으로 가서 헤밍웨이를 만나고 있다
안해는 으아리꽃여자 입가에 미소를 그리고 있고 나는 청상아리가 청새치를 뜯어 먹고 있는 바다를 쓰고 있다

죽을 고비를 넘나들며 파도를 타고 있는 노인이 나의

염통에 배터리를 꽂고 있다

내일은 롤러코스터를 타고 지구의 자전축, 23.5도의 궤도를 따라 우주를 여행할 것이다

해변에 별이 쏟아져 내리고 있다 영혼의 집을 짓다 보면 허공에 바람난 시비詩碑 하나 세우지 않겠나

모든 이에게 감사드린다

이천이십일년 오월

안해가 있는 정문골 움막에서
인묵 **김 형 식**

차례

제2부 | 시인의 주막

차례

제3부 | 망치와 목수

제4부 | 쪽의 역설

차례

제5부 | 정문골 쑥국새

제6부 | 갈대에게

차례

제7부 | 빈 밥그릇

제8부 | 바람으로부터 벗어나기

차례

제9부 | 성탄절, 108대참회의 절

제1부

다시 뚜벅뚜벅

해변

너 나 할 것 없이
다 모여들지요

각을 세우고
모난 성깔들이
폼을 잡고 키재기하지요

파도에 부딪치고 깨지고
닳고 닳아서 푸석돌은 사라지고

몽돌만 남지요

너에게서
세상을 봅니다

삶의 지혜를 배웁니다

무인도

갈매기 울음소리가
하늘과 바다를 가르는 것을 보았다

해는 하늘로 솟고
파도는 바다로 갔다

나는 섬이 되었다

섬 중에서도 무인도가 되었다

내 친구 뽀미

뽀미는 할아버지 할머니와 함께 살아요

서울에 도연이 보러 왔어요

뽀미와 나는 어렸을 때부터 친구에요

어젯밤에 꼭 껴안고 잤어요

오늘은
뽀미가
시골 할아버지 집으로 돌아가는 날이에요

나는 유치원에 가고
뽀미는 시골에 가고

뽀미야 또 와
안녕 빠이 빠이

아빠가 사준 귀요미 펭귄
차안에 넣어 주었어요

뽀미는 창문을 붙잡고 깽깽 울었어요

나도 눈물이 났어요

자연에게

눈꽃이 피고 지는 것을 보고
살아갈 수 있게 해 주셔서 감사합니다

생과 사가 둘이 아님을 알고
살아갈 수 있게 해 주셔서 감사합니다

언젠가는 죽는다는 것을 알고
살아갈 수 있게 해 주셔서 감사합니다

이 세상 끝나는 날 당신 품속으로 돌아간다는 것을 알고
살아갈 수 있게 해 주셔서 감사합니다

'흰' 의 소식

토굴 앞
거적 위에
검정고무신 한 켤레

인묵印默이
벗어놓은
세속의 거룻배

새벽별
한 소식 싣고
눈길 걸어가자 한다

나는 나의 할아버지다

산촌 움막이 만선滿船이다
신정연휴
손주들과 눈사람을 만들고
썰매도 타고 눈싸움도 하고

녀석들 차례로 기둥에 세워 놓고
키와 몸무게를 기록한다

2021년 1월 1일
찬우는 146cm/53.7kg
무아 131cm/26.3kg
지아 108cm/19kg
도연이는 102cm/16.4kg

1년 지나면 얼마나 자랄까
희망의 뚜껑 하늘로 열어두고
어린아이가 된다

나는 나의 할아버지다

0의 세계

연못에 돌 던지면 연못이 되고
연못에 낚시 던지면 낚시터가 된다

마음도 이와 같아서

석가도 연못에 빠져 죽고
예수도
공자도
소크라테스도 빠져 죽었다

연못에 들어가 나오지 못했다
연못이 되고 말았다

범부가 빠지면
낚시 물고 나온다

계시

꿈속에서
부모님을 뵈었습니다
고향집 마당이었습니다
호미와 삽을 들고 계셨습니다

코로나로
매일 많은 사람들이 죽어나가고 있습니다

'호미로 막을 일
삽으로도 못 막는다' 는 계시입니다

마스크 단단히 쓰고 다니겠습니다

부모님 고맙습니다

아빠의 일기

눈치가 보인다
퇴근길에 그림자가 쳐다보고 있다

무슨 죄를 지었다고
영어의 몸이 된 육신
코로나에 갇혀 며칠을 공쳤는데
그래도 오늘은 운이 좋은 날이다

일당 십만 원
은행이자, 학원비, 월세?
세상이 춥다

걱정하지 말라
아빠가 있다

동지가 지났으니
봄은 올 것이다

저녁 알바를 찾고 있다

TV 앞에 앉아서

산을 보니
산에 가고 싶다

눈이 쌓여야
더 적요한 깊은 산골에

토끼굴 하나 지어 놓고

밤이면 호롱불 밑에 앉아
아내와 옥시기 털어

당신은 밥을 짓고
나는 나무하고

산을 보니
산속에 가서
당신과 단둘이 살고 싶다

다시, 뚜벅뚜벅

12지 동물은
뛰어서
걸어서
기어서
날아서
섣달 그믐날 자정에 광화문 보신각에 도착했다

모두 살아서 돌아왔다

쥐가 머리띠 풀어 소에게 건넨다

송구영신送舊迎新

제야의 종소리
하늘로 걸어간다

제2부

·
·
·

시인의 주막

첫눈

기다리고 있었습니다

답답하고
지저분한 이 세상

부끄럽습니다

그냥 하얗게 덮어 주세요

가을 길목에 서서

떠나는 당신 뒷모습
자꾸 눈에 밟힙니다

울긋불긋

가다가
동장군 만나시거든
씨나 받고 가소서

대는 이어야 하지 않겠소

우리 다시 만납시다

봄은 그냥 오지 않는다

당신은 인사도 없이 떠나 버렸다
빈자리 스산하다

코로나19
이제는 시간이 마스크 쓰고 나서야 한다
연말연시 대유행의 조짐
사회적 거리두기는 4단계로 격상됐다

초유의 사태다
초침은 비대면 수업으로
분침은 재택근무로
그도 저도 아닌 바람은 마스크 속에 숨어야 한다

백신이 멀지 않아 나온다고 하지만
이 삼동三冬 잘라내는 아픔은 견뎌야 한다

시간에 묻어 살아가는 중생들아
이 악마의 섬에서 탈출해야 한다

겨울밤 과객過客

이 외진 밤에 누구신가?

뜨락에 나가 서니

소나무 그림자
마당을 쓸고 있고

그믐달
감나무 가지에 앉아
으스스 떨고 있다

"어서 들어갑시다
춥습니다" 요양원에 계신
우리 누님이 오셨네

며칠 쉬어 가세요

다시 일어서다

도전과 실패

좌절

칠전 팔전
또 넘어지고

꺾인 인생
빈소주병 붙잡고
피리 불고 있는 한강의 갈대

물밑 검은 그림자
이게 무슨 짓? 벼락을 친다

그래,
내게도 봄이 온다

모르고 있었다

밥 한 그릇
국 한 그릇
김치
물 한 컵
젓가락 숟가락
밥상에 앉아 계신다

한평생 이렇게
나를 위해
아낌없이 공양을 올리는데도

이제 보니
모두가 부처인데…

시인의 주막

언어를 주워 모아
술을 담갔습니다

고두밥 누룩 넣고
버무려서 내 안에
삭혀 놓았더니
보글부글 괴어올라서
걸러 내놓습니다

주막에 오셔서
술맛 좀 보시구려

술 빚으며 살다 보니
술독에 빠져서
술이 나인지 내가 술인지
모르고 살아가고 있습니다

분명한 것은 달과 별이
詩가 되었다는 사실입니다
삼라만상 두두물물이
아우성입니다

詩가 되고 싶답니다

장자는
십만여 首의 많은 글을 남겼지만
종지는 하나,
삶의 진리를 노래하고 있습니다
경이롭습니다
그래서 장자를 천선의 지자라 칭송하지 않습니까

닮고 싶어 노력하고 있습니다

오늘도 詩를 씁니다

나의 詩가 모든 이를 취하게 하는
향기로운 슬이 되었으면 합니다

저의 주막酒幕에
한 번 들러 주세요

이 겨울,
첫눈이 내리던 날

사과밭 일기

이 과일 맛 좀 보세요
빨갛고 향긋하고 새콤달콤한 사과맛

아빠가
쇠똥거름 주고 키웠는데

이렇게 맛있는 사과가 열렸어요

쇠똥 속에
사과 씨가 숨어 있나 봐요

우리 할아버지 애창곡

무아야 지아야
이 세상의 주인은 누구지?
우리 손주들이지

찬우야 도연아
이 우주의 중심은 어디지?
바로 우리 손주들이 서있는 곳이지

알고 있지?

할아버지 노래는
우리 가슴속에
한 그루 푸른 소나무로 자라고 있어

이 세상의 주인은 누구지?
이 우주의 중심은 어디지?
우리 할아버지

시간

담쟁이덩굴의 유혹
연두에서 초록으로
단풍에서 회색으로

변하여 죽고
죽는 것이 아니라 사라지고
살아지는 것이 아니라
살아가는

겉을 허물고
파괴하고 또 일으켜 세우는
삼백육십오 일
기생하는 얼굴 없는 얼굴

나의 생기를 다 빨아먹고
언젠가는 버린다는 것을 알고 있지만 너는

이 세상 끝나는 날까지
같이 가야 할
나의 동반자

제3부

망치와 목수

시인

눈이 내리고 있다

겨울 긴 긴 밤
누에가
뽕잎 갉아먹는 소리

뽕잎은
베개 밑에서
밤을 지새
자기 몸을 저며

누에에게 먹이고 있다

시인이 그렇다

시의 세계

세상에서
가장 긴 시는 역사
세상에서
가장 짧은 시는 찰나刹那

역사가 있다
찰나가 없다

있다 없다,
유와 무는 생과 사
시는 삼천대천세계의 꽃
벌이 꽃 속에서 꿀을 따고 있다

세상에서 가장 짧은 시

찰나刹那

*찰나刹那: 산스크리트어의 '크샤나'를 음역한 아주 짧은 시간이란 뜻에서 나온 말이다. 찰나 같은 인생을 영원한 인생으로 바꾸는 것이 불교철학이다. '찰나刹那' 또는 '차나叉拏'라고도 표기하며 '일념一念'이라는 뜻으로 번역한다. 한 생각을 일으키는 순간을 일념一念이라고 하고, 발의경發意頃 혹은 생장生藏이라고도 한다. 극히 짧은 시간, 순간, 시간의 최소단위를 말한다. 찰나를 현대 시간으로 환산하면 '75분의 1초'라고 하는데 우리가 생각하는 시간관념에서는 느낌조차 없는 그런 상태이다.

세상에서 가장 긴 서사詩

역사歷史

그날

가을비

충무로 찻집

우산 속
덕수궁 돌담길

서울역
밤차는 떠나 버리고

저승사자

오고가며
꽃을 얻어 갔다

꽃이 예뻐
키우고 싶다며

그 손에 가면
꽃들이 벌벌 떨었다

그 이유를
알게 되었다

그녀 집에 가면
말라 죽고 만다

망치와 목수

꼭 이 자리에 못을 박아야
문짝이 뒤틀리지 않고 고정이 되는데

고민하다가
헌 못통 뒤져 쓸 만한 못을 찾아냈다
휘어진 몸매 두들겨 바르게 펴 세우고
조심조심 못을 박는다
십자가에 못 박는 기분

반쯤 잘 들어가더니
비틀 기운다 아이고
예수님 바르게 모셔야 하는데

망치 입술로
못대가리 물고 살짝 펴는데
툭 부러지고 만다
어허 이걸 어쩌나
왜 불경스럽게 예수님을 이곳에 모시려 하는가
지옥 가겠다

빼낼 수도 없고

이제는 부처님이 화두 들고 선정에 들어간다

얼리고 설리고 툭툭 치니
쑥 쑤우욱 들어가 박힌다

어휴 됐다
머리 없는 못부처님
십자가에 예수님을 모셨다

망치는 아무 일도 하지 않았다

혈육의 정

저문 창가에 앉아
고향 집을 그려봅니다

석양에 사립문
마당을 쓸고 있는 허허로운 바람
굴뚝에 저녁연기

어머니 부르면
금방이라도 문을 열고 나오실 것만 같은 빈집

휘영청 보름달

무상한 세월
어머니, 지난달 먼저 보낸 막내 형우 동생 49재 중입니다

일가친척 권속들아
베풀고 살아야 한다
적선지가 필유여경積善之家必有餘慶
가훈 가슴에 새기고 살아가자
달빛 아래
애상哀傷한 혈륜의 정

할머니 생각

코로나19가 시골길을 막았어요
추석인데도 할머니집에 못 갔어요
우리 할머니는 나이가 많으셔요

가족이 모여앉아 할머니 생각하면서
송편을 먹고 있어요

동생은 송편맛이
꿀맛이다 하는데
엄마는 "할머니 손맛이다" 하셨어요
아빠도 맛있다고 하셨어요

할머니가 보고 싶어서 눈물이 났어요
동생도 따라 울었어요

그림자에게도 휴식을

이 녀석아
넌 왜 나서지 않고
따라다니기만 하느냐

어서 가자
집으로 가야지

온종일 끌고 다니다
현관에 들어서서 풀어 놓는다

푹 주저앉고 만 화상

고생했다 철들어 가니
너의 참모습이 보이는구나

쉬거라
내일 또 일터에 나가야지

제4부

쪽의 역설

인문학 강의

신음소리가 자연을 흔들고 있다
상처투성인 지구
미생물도 동식물도 지구의 생존을 위해 존재하는데
우리 인간은 무슨 짓을 하고 있지

코로나19가 지구를 지키기 위해
인간을 공격하고 있다는 사실은 역설인가

인간이 자연을 먹고
자연이 인간을 먹는다

먹다가
자연이 죽으면 인간도 죽는다

자연을 살리고
지구를 살리는 일만이
인간이 사는 길이다

바이러스가 지구를 지키기 위해
인간을 공격하고 있다, 인간은

비 웃다

"죄 있는 자 손들어 봐"

"없습니다"

번쩍,
번개가 손을 번쩍 든다

납작 엎드려
떨고 있는 중생

비雨 웃고 있다

방생放生

비 오는 날

처마 밑 풍경소리

물고기 신이 났다

뎅그렁 뎅그렁

바다로 간다

애호박

어젯밤
은하에서
견우와 직녀가 만났다더니

지구별에 놀러 왔다가

풀숲에 애 하나 낳고 갔네

탯줄이 그대로 있어

아무 나에게

그림자가
나에게 말한다

아무我無야
채우지 말라

빈
그 자리
그대로 두어라

그 자리는
진리의 자리이다

아무가 나에게
이른다

아무야
아무야

나무아미타불

수컷의 DNA

숲속에서
길을 찾고 있는
짐승

협곡에
길을 내고 있는
천둥번개

쓰러지는 대지

정상 정복

여름을 굽다

삼겹살을 구울 때는 잘 뒤집어야 한다

폭염은 여름을 굽고
여론은 민심을 굽고 있다

신라 원효는
화와 쟁을 구웠으며
이조 태종 이방원은
정몽주와 정도전을 구웠다

굽는다는 것은
날것을 부드럽게 하는 것

여름이 잘 익어가고 있다

가을이 맛있겠다

건너뛰기

폭염이
여름을 굽고 있다

노릿 노릿 구워서
상추쌈 한 번 하는 거야

할머니 손된장에
청양고추 툭 부러뜨려 얹고
여름을 싸서
보래기심* 한 번 하는 거야

이열치열
콧등에 진땀이 확 솟게

코로나 19
스트레스 싹 날려 버리고

가을로 가는 거야

*보래기심: 음식을 맛있게 먹을 때 입에 가득 넣어 먹는 것을 말하는 남도 사투리

쪽의 역설逆說

여행을 떠난다

육신을 들고 나선다

가방 속에서
영혼을 꺼내 놓는다

백두산은 어느 쪽에 있지?
여기는 서울인데
한라산은 북쪽인가

지구는 돌고 있다
동서남북의 방향은?

쪽을 알 수가 없다

개구리
세상 구경하고 있다

화가, 우리 할머니

와!
우리 할머니 그림 솜씨 좀 봐

호미 하나로 저렇게 멋진 그림을 그려 놓았다니

울긋불긋 토마토
옥수수 할아버지
오이 상추 가지가지

호박꽃 사이로
벌 나비도 날아다닌다
우리 할머니는

제5부

정문골 쑥국새

목탁

나는 죽은 나무였습니다
화목이나
썩어서 자연으로 돌아가야 하는데

시절 인연 만나
다시 태어났습니다

이제는 모든 중생 구제하고 말 것입니다

겨울

– 반칠환 시인의 '봄'의 화답시

저 철학자 머리 좀 보게
누가 저걸 칸트의 '순수이성비판' 인 줄 알겠나
저 설산도
천지의 침묵도
니체의 형이상학에서
꺼내 논 것이라네
설한풍에 서리꽃조차 울지 않는가

봄 _ 반칠환

저 요리사의 솜씨 좀 보게
누가 저걸 냉동 재론 줄 알겠나
푸릇푸릇한 저 싹도
울긋불긋한 저 꽃도
꽝꽝 언 냉장고에서 꺼낸 것이라네
아른아른 김조차 나지 않는가

정문골 쑥국새

빗속에서 쑥국새 운다
원태 할매가 오셨다

막걸리 걸러 놓고
메밀전 지진다고
쑥국 쑥국 쑤~쑥국

비 오는 날이면
정문골 쇳낌 이웃들
원태네 집으로
하나둘 모여들었지

배고픈 분 허기 채워 주고
가진 것 다 주고도 더 줄 게 없나
찾아내서 쥐어주곤 했던
정문골 보살 원혜숙자매님

저세상으로 떠나기 전
노잣돈 털어 몸빼바지 사다가
막내딸 손에 들려 이웃들에게 나눠주시며

신세 많이 지고 간다고
하늘나라에 가서도 잊지 않겠다시던
천사 같은 보살님

쑥국 쑥~ 쑥국
빗속에서 쑥국새가 운다

※ 원혜숙(1932.2.14.~2018.9.23) : 슬하에 1남6녀를 둔 정문골 김종수 모친, 원태 할머니. 영화 동막골에 출연한 소리꾼 김영배 선생의 아내. 천주교 세례명 카타리나.

고추밭 넋두리

쑥국 쑥 쑥국
숲속에서 쑥국새가 운다

"영감 오셨소"
고추밭에 지심매는 할머니

"하기사 내 잘못도
없다고는 못 하지
영감탱이"

젊어서
배추밭에 엎어져
속 꽤나 썩이더니

"그래도 보고 싶소"

먼저 가본 저승은
지낼 만하던 가요

"나 좀 데려가시오"

춘분

잔설이 도랑 음지에서
게으른 잠을 자고 있다

며칠 전 겨울을 털고 일어난 개구리
이불 돌돌 말아 양지에 개놓고
오늘은 산후조리에 바쁘다

우물 안 개구리가
음과 양이 서로 반반인 것을
낮과 밤의 길이가 같다는 것을
어떻게 알았을까

부끄럽다

태양이 적도 위를 걸어가고 있다

똘망똘망
개구리 알에서
우주를 보고 있다

춘분을 읽고 있다

여름

여인아

당신 품에 안겨
얼음으로 녹고 싶다

시원하게

계곡을 지나

우리 바다로 함께 가자구나

아무도

늪지가
밀어올린 연꽃 한 송이

어서 오너라
기다리고 있다

보여드릴 것은
마음뿐이다

너 외엔 아무도 없구나

야생마

뛰어라

봄

들판을
가로질러
달려오는 아지랑이

내 생각은 잡초

아내와 나는
생각이 달랐다
내가 잡초를 뽑으면
아내는 그냥 두라 한다

한 두어 해 지나고 나니
아내의 생각이 텃밭을 덮었다

꽃밭이다

벌 나비 찾아들어
동의보감을 읽고
잡초가 처방전을 쓴다

꽃은 신경안정제
뿌리는 우리 할머니 뼈에 좋고
잎은 식탁의 약초
민들레는 버릴 것 하나 없는 건강지킴이

아내가 차를 내어온다
내 텃밭에 잡초가 뽑히고 있다

개는 거울을 보고 짖는다

모든 사물은
이것 아닌 것이 없고
저것 아닌 것이 없다

거울에
내 모습을 비춰 보니
그곳에 이것이 있다

자세히 살펴보니
그곳에 저것이 있다

개는 거울을 보고 짖는다

제6부

갈대에게

명성 그 뒤에 숨은 그림자

빌딩은 한 번 서면
차렷 자세로 서 있어야 한다
걸을 수도 앉을 수도 없는
하늘을 이고 서 있어야 하는 이 업보
전생에 무슨 죄를 지었기에

석촌호수를 내려다보며
밤마다 산책하는 꿈을 꾸고 있는 롯데월드 타워는
555m의 키에 123층이니
국내에서 제일 높은 빌딩이니
인천 앞바다가 훤히 내다보인다느니 하는 수식어가 싫다

둘레길 걸으며
벤치에 앉아 쉬고 있는
저 사람들이 부럽다

몇 생 덕을 쌓아야
벚꽃 잎으로 피어나 날을 수 있을까
피라미로 태어나
석촌호를 자유롭게 헤엄쳐 다닐 수 있을까
그 명성

어머니의 기도

밥그릇
국그릇
찬그릇
자식들 뒤에 붙은 이름

가진 것 다 내주고
이제 늙고 병이 들어
요양원에 누워 계신다

가야지
애들에게
짐이 되어서는 안 돼

창밖에 새들 자유롭다

애들아 나 좀 데려가 줘

저 숲속으로

내가 연등을 달면

부처님 오셨습니다
마음을 열고 경배합시다

연등을 달았습니다
집안이 환해지고
골목이 밝아졌습니다

이웃들 하나둘 연등을 달았습니다
동네가 밝아졌습니다

세상은 이렇게 해서 밝아지는 것입니다

날마다 부처님 오신 날
마음의 등불을 켭시다

마음속에 터가 있다

세상은 有와 無가
새끼줄 꼬듯 꼬여 상생한다

인간이 그렇다
보이지도 않고 볼 수도 없는 마음
고깃덩어리 속에 꽈리를 틀고 앉아있어 사람이다

좋은 집터는 안팎으로 보아 편안하다

어느 집 담벼락은
여인네가 엉덩이를
치마 밖으로 내놓은 모양새라

참새들 오고가며 입방아다

우리 집 터는

이놈아, 아직도 중생심이…

스님 불 들어갑니다

개원사 암자터

안개 사이로
불타고 있는 저 홍도화

뻐꾹새 슬피 울고

큰스님 다비茶毘 중

봄을 화장하면
사리는 몇 섬일까

봄비

곡우穀雨*댁이
밭둑에 앉아
젖을 물리고 있다

보채는

봄순이

파랗게 옹알이한다

*곡우穀雨: 청명淸明과 입하入夏 사이에 존재하는 24절기 중의 하나. 봄비가 내려서 온갖 곡식이 윤택해진다는 절기.

재채기

참고
참고
참다가

더는
어찌할 수 없어
뱉고 만 양심良心

목련꽃 미사

부활절

장례미사

성당의 종소리

"주님,
먼저 떠난 형제자매님들께
영원한 안식을 주소서"

코로나 광풍에 쏟아진
목련꽃잎 바람에 눈을 뜬다

갈대에게

갈대가 바람을 휘어잡고
흔드는 것이 보였다

나는 바람 속에서
심하게 흔들리면서

이리 쓰러지고
저리 쓰러지고
다시 일어나기를 거듭하고 있었다

갈대는 호수를 흔들고
호수와 함께
겨울의 끝자락을 휘어잡고 흔들고 있다

마침내 지구가 흔들리고
있다, 갈대는

아 봄이 오는 것은 내가 바람을
흔드는 것인가
바람이 나를 흔드는 것인가

갈대가 바람을 휘어잡고
흔드는 것을 보고 있다, 나는

서시西施와 산당화

석촌호
산당화는
가시를 품고 있어도

그 얼굴
천하일색
월나라 서시西施 판박이라

장안의
총각 녀석들
혼을 쏙 빼놓았네

처녀들
뒤질세라
산당화 닮고 싶어서

가시모밀*
둘러쓰고
꼬리치는 저 자태

자자야

꼴불견들아
정신 좀 차리거라

*가시모밀 : 며느리밑씻개

성찰省察의 시간

바리케이드 한 겹
벚꽃 길 또 한 겹
불안에 갇힌 석촌호수

꼭 내 마음 닮았다

출입금지

벚꽃축제는 취소되고

천년 묵은 이무기가
코로나를 미끼로
낚시질하고 있다

마스크 쓰고
석촌대로 난간에 서서

눈을 감고
내 안을 들여다본다

제7부

빈 밥그릇

바람꽃 편지

봄바람이 손 내민다

울밑에
아가들 도리도리 앙증맞다

봄을 깨우는
하얀 바람꽃

코로나 전쟁터
사경을 헤매고 있는 지구촌 전우들에게
지쳐 버린 의료진에게 희망을 담아 보내야지

힘내세요

바람 바람
바람꽃 편지 왔어요

두견화

"저것 좀 보게"

얼마나
울었으면
저렇게 피를 토해 놓았을꼬

홀짝 홀 홀 짝

미얀마 국민에게

– 냉이꽃

냉이는
뜯기고
밟히고
갈아엎어도
그 자리에 다시 돋아납니다

냉이는
잡초가 아닙니다
봄의 전도사입니다

냉이는
우리에게
민주주의의 소중함을
일깨워 주고 있습니다

몸으로 온몸으로

힘내세요
미얀마 민주전사들이여

냉이꽃이여

그 짙은 향기여

냉이는
뜯기고
밟히고
갈아엎어도
그 자리에 다시 돋아납니다

* '냉이' 꽃말 : 당신께 모든 것을 드립니다.

우물 안 탈출하기

음계 사이에서
개구리가 뛰어놀고 있다

머위잎이 일어서고
노루귀가 꽃을 뱉어내고
초목이 푸른 카펫을 깔고 있다
나는 무엇을 하고 있지

눈은 매화에 부서지고
귀는 산비둘기가 물어 가고
나는 어디에 있지

열 손가락 꼼지락해 봐도
자라나지 않았다
올챙이는 꼬리를 키우고
남의 일에는 관심이 없는데

왜 나는 봄 구경만 하고 있지
모두들 자기의 봄을 만들고 있는데

맙소사 이대로는 안 돼

춤을 추는 거야
온몸으로 우물 안을 탈출해야 한다
봄이 나를 먹고 있다

불길한 예감

주역의 지혜로
들여다보는 코로나 19

이 19라는 숫자가 왠지 불길하다

토착병으로 자리를 틀고 앉아
인류를 괴롭힐까 두렵다

장자莊子는 양생주 편에
백정이 문혜왕을 위해 소를 잡는데
"지금 제 칼은 19년 됐고,
그 동안 제가 잡은 소는 수천 마리가 넘는다" 고 했던
그 '19' 라는 숫자,
탄허스님은 이 숫자를 무한지수라 했다

괘를 같이 한다
여기에 내 전생 어딘가에
괴질의 그 아픈 기억도 한 장 남아 있음일까

경칩

전철역에서
개구리가 쏟아져 나온다

엉거주춤
마스크 쓰고
사방으로 흩어져 간다

조심해야 한다

살얼음판 코로나19

빈 밥그릇

모락모락 김이 나는
밥 한 그릇
내 앞에 앉는다

수저를 들 때마다
나를 쳐다본다

'어서 먹어라'

내 배를 채워 주고
다 비운다

빈 밥그릇

식사 때마다
나는
부처님 법문을 듣는다

낙지의 서書

쓰러진 황소도
이놈 한 마리 먹이면
벌떡 일어선다는데

큰놈으로다
몇 마리 주시요

봄총각

– 이은상 님의 '봄처녀' 화답시

봄총각 제— 오시네
새 풀옷을 입으셨네
아지랑이 나귀 타고
버들 화동 앞세웠네
기러기 가슴에 안고
뉘를 찾아오시는고

님 찾아오는 길에
내 집 앞을 지나시나
꿈속에~ 그님인가
혹여 내게 오시는가
설레고 어리석은 양
나가 물어—볼까나

봄처녀 _ 이은상

봄처녀 제— 오시네
새 풀옷을 입으셨네
하얀 구름 너울 쓰고

진주 이슬 신으셨네
꽃다발 가슴에 안고
뉘를 찾아오시는고

님 찾아가는 길에
내 집 앞을 지나시나
이상도 하－오시다
행여 내게 오심인가
미안코 어리석은 양
나가 물어－ 볼까나

*봄처녀 : 이은상李殷相의 시조를 가사로 홍난파洪蘭坡가 작곡한 가곡. 1932년경에 작곡한 곡으로 1933년에 간행한 작곡자의 가곡작품집인 〈조선가요작곡집〉을 통해서 발표하였다. 이은상은 〈옛 동산에 올라〉 〈가고파〉 등 고유한 전통의 시형식인 시조의 현대화에 기여했으며, 이병기李秉岐와 쌍벽을 이루면서 시조시의 한 유형을 완성시킨 분.

꽃머리

봄을 기다리는 것은
설레는 일이다
사랑하는 연인을 기다리는 것만큼 설레는 일이다

봄을 맞이하는 것은
축복 받는 일이다
결혼하는 것만큼 축복받는 일이다

봄과 함께 하는 것은
행복한 일이다
신혼생활만큼 행복한 일이다

봄과 함께 하는 것은
희망의 등불을 들고 어두운 밤길을 가는 일이다

꽃은 봄인가

봄을 찾아 헤매고 있다
분명, 봄은 꽃머리 속에 있다는데

아버지의 애창곡

흘러도
몇 백 년은 더
흘러간 옛 노래입니다

천둥산
망부석의
애잔한 노래입니다

김녕가金寧家
신씨부인 열녀의 노래

바다가 울면
가끔씩 나도 꺼내 부른답니다

제 8 부

바람으로부터 벗어나기

외손녀 김도연

꼭 에미 닮았다

가만히 보니
애비도 닮은 것 같고

너의 에미가 그렇다

망부석

당신을 만나
농부의 아내가 되었고

당신이 떠난 후
호미의 지어미가 되었습니다

밤낮 없이
잡초를 맸습니다

그 자리
마음밭에
망부석이 되었습니다

이것은 사실이다

– 소록도에는 꽃사슴이 산다

감기는 만병의 근원이기도 하고 옮기기도 하고
끔찍한 폐렴이나 폐암이 되기도 하지만
한센병은 일주일이면 치유된다

천형이니 유전이니
한센인을 저주해 왔던 것은
인류사의 가장 큰 죄악, 무지의 소치

한센병은 유전병이 아니다
참회한다
감기보다 더 가벼운 병 한센

"한센 걸렸어?"
"어"
"병원에 가야지"
"알았어"
"일주일이면 낫는데"
"알아"

이런데도 한센병 치유자는
한센인이라 부른다

감기 앓다 나았으면
감기인이라 하는가
사고의 전환이 필요하다
한센인을 다시 보자

소록도에는
눈이 선한 꽃사슴들이 살고 있다

입춘 조리법recipe

입춘은
구태를 벗고
세상을 다시 보는 일이다

상식의
틀을 깨고
지혜를 구하는 일이다

앵무새짓
하지 않고
질문을 던지는 일이다

나는
어디서 와서
어디로 가는가

장군 멍군

조문 다녀온 남편
"마누라가 죽으면 화장실에 가서 씩 웃는다는데"
슬쩍 말馬을 뒤집어 놓는다

"그래서요
지가 죽고 나면
화장실 가셔서 많이 웃으세요
저는요 이미 전주 것으로다
부채* 서너 개 구해 두었네요"

아내가 포包로 뛰어 잡는다

엿듣고 있던
벽시계가 고개를 끄덕끄덕
창밖에 소나무** 무릎을 치며 박장대소

*부채 : 무덤 앞에서 부채질하는 여인, 장자의 일화.
**소나무 : 당태종 이세민과 부인의 일화.

유전자 염기서열 바꾸기

지혜가 걷기도 전에
번갯불이 입속에서 콩을 볶는다

말에도 씨가 있다
우리가 입에 달고 살아가는 "빨리빨리"
기네스북에 기록된 우리말 그 씨앗

조급한 성격은 어디에서 왔는가
초원을 내달리는 우리 조상 동이東夷의 기질인가
선천성일 수도 있다?
그렇다면 유전자 지도를 바꿔야 한다

세상은 급변하고 있다
내가 습관을 바꾸면
토끼는 거북이가 되고 삶의 질은 최고가 되고
우리가 천하제일의 명품이 되는 것이다

앞만 보고 뛰지 말고
주위를 살펴가며 황소걸음으로 걸어가는 것이다

도산 안창호 선생은 얼렁뚱땅

얼른 얼른이 나라를 망친다고 하셨다

천천히 천천히
말의 씨앗 묻고 살아가기는
성급한 우리 민족의 유전자 염기서열을 바꾸는 일이다

맛의 소리가 민심이 된다

개 짖는 소리 시끄럽다
정치판이 천하장사 씨름판인 줄 알았더니
영 아니다

개들 하는 짓이니 개들만 알까
걔들 하는 짓이니 개들만 모를까
개나 걔는 그놈이 그놈인데

분명한 것은
원시인 DNA가 아직도 미각에 남아있다는 사실이다
X 묻은 놈이 겨 묻은 놈보다 맛있다는 것이다

맛의 소리는 입소문이 되고
입소문은 맛의 소리가 되니
맛의 소리는 민심이 된다

민심은 천심이다

새색시

출근하는 남편
사탕 한 알 까서
내 입속에 쏙 넣어주고
집을 나선다

밤 늦게까지
사랑을 깨물고 기다리고 있다

바람으로부터 벗어나기

왜 우리가 남의 나라 간섭을 받아야 하는가
외세의 농간에 놀아나 좌니 우니 박이 터져라 싸우고 있어야만 하는가
이이제이以夷制夷전법*에서
벗어나 국론을 하나로 모아야 한다

핵을 갖자
우리가 사는 길은
자력으로 힘을 기르는 것이다

왜 광화문에
성조기가 필요한가
바람으로부터
벗어나 자립해야 한다

바람바람바람
미친바람 쪽바람 떼바람
바람으로부터 벗어나자

핵을 갖는 것만이
대한민국을 지키는 길이다

*이이제이以夷制夷전법 : 오랑캐로 하여금 오랑캐를 치게 하여 물리친다는 말로 남북 갈등을 조장하고 민족정신을 모조리 말살케 한 제국주의의 식민 통치법.

미화원 아저씨

안경을 닦았습니다
하늘이 깨끗해졌습니다

귀지를 팠습니다
땅의 숨소리가 들려왔습니다

청소차가 지나갔습니다
하늘과 땅이 깨끗해지고 아름다워졌습니다

하늘은 드높고
땅은 꽃밭이 되었습니다

당신을 사랑합니다

제9부

성탄절, 108대참회의 절

덕담 한 마리

시간은 우리에게
뛰어가지 말라 합니다

천천히 걸어가야
세상이 보인다고

토끼와 거북이도 알고 있습니다

덕담 한 마리
처마 밑에 걸어둡니다

꼬들꼬들 마르거든
구워서 명절차례상에 올리시구려
구수한 냄새 퍼져 이웃들 모여 들거든
덕담 안주 삼아 막걸리도 한잔 나누시구려

시간은 째각째각
누구에게나 공평합니다

목탁소리

경자년 새해 아침

애들이
법당에 다녀갔네요

옥수수
두어 알
공양 올리고

부처님께
기도하고 돌아갔네요

해맞이

인간의 통소人籟가
땅의 통소地籟가
새해 첫날 새벽에 해맞이 나왔다

하늘의 통소天籟는
벌써 나와 기다리고 있다

짐승 한 마리
기어오르고 있다

하늘과 땅과 인간이

통소를 분다

*통소는 한자로 '동소洞簫'라 표기한다. 우리말로 '통소'라 읽고 민간에서는 '통애'라 부르기도 한다. 인뢰人籟; 사람이 부는 통소소리. 지뢰地籟; 대지가 부는 통소소리, 곧 뭇 구멍에서 바람이 불 때 일어나는 소리. 천뢰天籟; 하늘이 부는 통소소리, 곧 하늘의 음악, 우주의 음악.

어린 산타의 특별한 선물

"할아버지
크리스마스 선물 받았다
예쁘지 손톱
산타할아버지가 매니큐어 선물 줬다"
다섯 살 손녀, 김도연

"손 줘봐"
어린 산타가 손톱을 그린다

할머니는 손톱에
나는 발톱에
빨간 매니큐어 발라준다

내 생애 아주 특별한 크리스마스 선물

사랑과 소금

바닷물을 말렸습니다
소금이 되었습니다

눈물을 말렸습니다
사랑이 되었습니다

눈물 속에는
바다가 들어 있었습니다

사랑 속에는
소금이 살고 있었습니다

사랑이 아름다운 것은
소금이 그 맛을 잃지 않는 것은

당신과 내가
한마음이기 때문입니다

언제 철들지

진정 봄은
깨어나라 하는데

정령 나는
깨어나지 못하고
꽃구경만 하고 있다

이 나이 들도록
꽃만 쫓아다니고 있으니

한심스러운 이 화상

언제 철들지

성탄절에 108대참회의 절

오늘은 성탄일
아기 예수님의 탄신을 축하드립니다
나는 불자로서 조석으로 부처님께 예불 드리고
108대참회의 절을 올리고 있습니다
오늘만은 성자 예수님께
백팔대참회의 절을 올리겠습니다

108대참회의 절은 3번의 귀의, 57번의 참회, 21번의 감사, 26번의 발원, 1번의 회향의 절로 이루어져 있습니다

예수님께
구하지만 말라
너는 한 번이라도 이웃에게
예수님이 되어본 적이 있느냐

성부와 성자와 성령의 이름으로 절합니다

4. 나는 어디서 왔는가 어디로 갈 것인가를 생각하지 않고 살아온 죄 참회하며 절합니다
5. 나는 누구인가, 참 나는 어디 있는가를 망각한 채 살아온 죄 참회하며 절합니다

6. 나의 몸을 소중하게 여기지 않고 살아온 죄 참회하며 절합니다
7. 나의 진실한 마음을 저버리고 살아온 죄 참회하며 절합니다
8. 조상님의 은혜 잊고 살아온 죄 참회하며 절합니다
9. 부모님께 감사하는 마음을 잊고 살아온 죄 참회하며 절합니다
10. 일가친척들의 공덕을 잊고 살아온 죄 참회하며 절합니다
11. 배울 수 있게 해 준 세상의 모든 인연들을 잊고 살아온 죄 참회하며 절합니다
12. 먹을 수 있게 해 준 모든 인연들을 잊고 살아온 죄 참회하며 절합니다
13. 입을 수 있게 해 준 모든 인연 공덕을 잊고 살아온 죄 참회하며 절합니다
14. 이 세상 이곳에 머물 수 있게 해 준 모든 인연들의 귀중함을 잊고 살아온 죄 참회하며 절합니다
15. 내 이웃과 주위에 있는 모든 인연들의 감사함을 잊고 살아온 죄 참회하며 절합니다
16. 내가 저지른 모든 죄를 망각한 채 살아온 죄 참회하며 절합니다

17. 전생, 금생, 내생의 업보를 소멸하기 위해 지극한 마음으로 참회하며 절합니다
18. 성냄으로 인해 악연이 된 인연들에게 참회하며 절합니다
19. 모진 말로 인해 악연이 된 인연들에게 참회하며 절합니다
20. 교만함으로 인해 악연이 된 인연들에게 참회하며 절합니다
21. 탐욕으로 인해 악연이 된 인연들에게 참회하며 절합니다
22. 시기심으로 인해 악연이 된 인연들에게 참회하며 절합니다
23. 분노심으로 인해 악연이 된 인연들에게 참회하며 절합니다
24. 인색함으로 인해 악연이 된 인연들에게 참회하며 절합니다
25. 원망하는 마음으로 인해 악연이 된 인연들에게 참회하며 절합니다
26. 이간질로 인해 악연이 된 인연들에게 참회하며 절합니다
27. 비방함으로 인해 악연이 된 인연들에게 참회하며 절

합니다
28. 무시함으로 인해 악연이 된 인연들에게 참회하며 절합니다
29. 비겁한 생각과 말과 행동으로 악연이 된 인연들에게 참회하며 절합니다
30. 거짓말과 갖가지 위선을 참회하며 절합니다
31. 남의 것을 훔치는 생각과 행동을 참회하며 절합니다
32. 한갓 취미나 즐거움으로 다른 생명을 희생시키는 일을 참회하며 절합니다
33. 오직 나만을 생각하는 것을 참회하며 절합니다
34. 악연의 씨가 되는 어리석은 생각을 참회하며 절합니다
35. 어리석은 말로 상대방이 잘못되는 악연을 참회하며 절합니다
36. 어리석은 행동으로 악연이 될 수 있는 인연에게 참회하며 절합니다
37. 집착하는 마음과 말과 행동을 참회하며 절합니다
38. 내 눈으로 본 것만 옳다고 생각한 어리석음을 참회하며 절합니다
39. 내 귀로 들은 것만 옳다고 생각한 어리석음을 참회하며 절합니다
40. 내 코로 맡은 냄새만 옳다고 생각한 어리석음을 참회

하며 절합니다
41. 내 입으로 맛본 것만 옳다고 생각한 어리석음을 참회하며 절합니다
42. 내 몸으로 받은 느낌만 옳다고 생각한 어리석음을 참회하며 절합니다
43. 내 생각만 옳다는 어리석음을 참회하며 절합니다
44. 삼생의 모든 인연들을 위해 지극한 마음으로 어리석음을 참회하며 절합니다
45. 내가 살고 있는 지구를 생각하지 않은 것을 참회하며 절합니다
46. 세상의 공기를 더럽히며 살아온 어리석음을 참회하며 절합니다
47. 세상의 물을 더럽히며 살아온 어리석음을 참회하며 절합니다
48. 나만을 생각하여 하늘과 땅을 더럽히며 살아온 어리석음을 참회하며 절합니다
49. 나만을 생각하여 산과 바다를 더럽히며 살아온 어리석음을 참회하며 절합니다
50. 나만을 생각하여 꽃과 나무를 함부로 자르는 어리석음을 참회하며 절합니다
51. 이 세상을 많고 적음으로 분별하여 살아온 죄를 참회

하며 절합니다
52. 이 세상을 높고 낮음으로 분별하여 살아온 죄를 참회하며 절합니다
53. 이 세상을 좋고 나쁨으로 분별하여 살아온 죄를 참회하며 절합니다
54. 이 세상을 옳고 그름으로 분별하여 살아온 죄를 참회하며 절합니다
55. 병든 사람에 대한 자비심의 부족함을 참회하며 절합니다
56. 슬픈 사람에 대한 자비심의 부족함을 참회하며 절합니다
57. 가난한 사람에 대한 자비심의 부족함을 참회하며 절합니다
58. 고집스러운 사람에 대한 자비심의 부족함을 참회하며 절합니다
59. 외로운 사람에 대한 자비심의 부족함을 참회하며 절합니다
60. 죄를 지은 사람에 대한 자비심의 부족함을 참회하며 절합니다
61. 성부님께 귀의하게 되어 감사한 마음으로 절합니다
62. 성자님에 귀의하게 되어 감사한 마음으로 절합니다

63. 성령님께 귀의하게 되어 감사한 마음으로 절합니다
64. 모든 생명은 하나로 연결되어 있다는 것을 알게 되어 감사한 마음으로 절합니다
65. 모든 생명은 소통과 교감이 이루어진다는 것을 알게 되어 감사한 마음으로 절합니다
66. 모든 생명은 우주의 이치 속에서 살아간다는 것을 알게 되어 감사한 마음으로 절합니다
67. 나와 남이 하나임을 알게 되어 감사한 마음으로 절합니다
68. 세상의 아름다움을 알게 되어 감사한 마음으로 절합니다
69. 생명들의 신비로움을 알게 되어 감사한 마음으로 절합니다
70. 새소리의 맑음을 알게 되어 감사한 마음으로 절합니다
71. 바람소리의 평화로움을 알게 되어 감사한 마음으로 절합니다
72. 시냇물소리의 시원함을 알게 되어 감사한 마음으로 절합니다
73. 새싹들의 강인함을 알게 되어 감사한 마음으로 절합니다
74. 무지개의 황홀함을 알게 되어 감사한 마음으로 절합

니다
75. 자연에 순응하면 몸과 마음이 편하다는 것을 알게 되어 감사한 마음으로 절합니다
76. 자연이 생명 순환의 법칙이라는 것을 알게 되어 감사한 마음으로 절합니다
77. 자연이 우리들의 스승이라는 것을 알게 되어 감사한 마음으로 절합니다
78. 가장 큰 축복이 자비심이라는 것을 알게 되어 감사한 마음으로 절합니다
79. 가장 큰 재앙이 미움, 원망이라는 것을 알게 되어 감사한 마음으로 절합니다
80. 가장 큰 힘이 사랑이라는 것을 알게 되어 감사한 마음으로 절합니다
81. 항상 예수님의 품안에서 살기를 발원하며 절합니다
82. 항상 예수님의 법속에서 살기를 발원하며 절합니다
83. 항상 예수님의 가르침을 따르기를 발원하며 절합니다
84. 예수님, 저는 욕심을 내지 않기를 발원하며 절합니다
85. 예수님, 저는 화내지 않기를 발원하며 절합니다
86. 예수님, 저는 교만하지 않기를 발원하며 절합니다
87. 예수님, 저는 시기하지 않기를 발원하며 절합니다
88. 예수님, 저는 모진 말을 하지 않기를 발원하며 절합니다

89. 예수님, 저는 거짓말하지 않기를 발원하며 절합니다
90. 예수님, 저는 남을 비방하지 않기를 발원하며 절합니다
91. 예수님, 저는 남을 무시하지 않기를 발원하며 절합니다
92. 예수님, 저는 남을 원망하지 않기를 발원하며 절합니다
93. 예수님, 저는 매사에 겸손하기를 발원하며 절합니다
94. 예수님, 저는 매사에 최선을 다하기를 발원하며 절합니다
95. 예수님, 저는 매사에 정직하기를 발원하며 절합니다
96. 예수님, 저는 매사에 긍정적이기를 발원하며 절합니다
97. 예수님, 저는 자비로운 마음으로 살기를 발원하며 절합니다
98. 예수님, 저는 맑고 밝은 마음으로 살기를 발원하며 절합니다
99. 예수님, 저는 모든 생명이 평화롭기를 발원하며 절합니다
100. 예수님, 저는 이 세상에 전쟁이 없기를 발원하며 절합니다
101. 예수님, 저는 이 세상에 가난이 없기를 발원하면 절합니다
102. 예수님, 저는 이 세상에 질병이 없기를 발원하며 절합니다

103. 예수님, 저는 보살행을 실천하며 살아가기를 발원하며 절합니다
104. 예수님, 저는 반야지혜가 자라기를 발원하며 절합니다
105. 예수님, 저는 수행하는 마음이 물러나지 않기를 발원하며 절합니다
106. 예수님, 저는 예수님을 만날 수 있기를 발원하며 절합니다
107. 예수님, 저는 이 세상에 예수님이 오시기를 발원하며 절합니다
108. 예수님, 저는 오늘 지은 이 인연 아낌없이 온누리에 회향하며 절합니다

대자대비하신 예수님이시여, 거듭 참회하고 발원하옵니다
저의 기도를 섭수하여 주시옵소서

예수님께
구하지만 말라
너는 한 번이라도 이웃에게
예수님이 되어본 적이 있느냐

성부와 성자와 성령의 이름으로 아멘

| 작품해설 |

인간人間이 되기 위한 108번의 절

— 김형식 제6시집 『성탄절에 108배』의 시세계

유승우
(시인, 문학박사)

1. 시인은 누구인가

김형식 시인이 제6시집 『성탄절에 108배』를 출간한다. 필자는 이번 시집의 원고를 읽는 것이 김형식 시인과의 첫 만남이다. 그런데도 시집 원고를 읽으면서 김 시인과 오랜 사귐이 있는 것 같은 착각에 빠지곤 했다. 왜 그랬을까. 아마도 김형식의 시세계에 내가 친근감을 느꼈기 때문이리라. 시인의 시작품은 그 시인의 영혼이 살고 있는 영혼의 집이다. 그러니까 김형식의 영혼의 집에 들러 그와 영적 교감을 했다고 할 수 있다.

'사람' 이란 말은 한 글자로 줄이면 '삶' 이고, '삶' 은 '살다' 라는 동사의 명사형이며, 사람의 '살다' 의 내용은 곧 '일' 이다. 그래서 사람만이 일을 한다. 사람이 하는 '일' 에는 '만들다' 와 '짓다' 가 있고, 만든 것은 물건이며, 지은 것은 집이다. 물건은 쓰기 위해 만들고, 집은 살기 위해 짓는다. 시는 사람이 쓰기 위해 만든 물건이 아니고, 영혼이 살기 위해 지은 집이다. 그래서 시는 짓는다고 하며, 한자로는 작시作詩라고 한다.

사람의 육신은 반드시 죽어서 흙으로 돌아가지만, 영혼은 죽지 않고 그의 시 속에서 살고 있다. 지금도 우리는 조선시대 윤선도의 시에서 그의 영혼과 교감할 수 있고, 만해 한용운의 시에서는 그의 영혼과 교감할 수 있다. 그러니까 시인은 영혼의 집을 짓는 사람이다. 육신이 사는 집을 짓는 사람이 목수라면 영혼의 집을 짓는 사람은 시인이다. 김형식 시인은 이제 여섯 번째 영혼의 집을 준공하려는 것이다.

너 나 할 것 없이
다 모여들지요

각을 세우고
모난 성깔들이
폼을 잡고 키재기하지요

파도에 부딪치고 깨지고
닳고 닳아서 푸석돌은 사라지고

몽돌만 남지요

너에게서
세상을 봅니다

삶의 지혜를 배웁니다

–「해변」 전문

위의 시는 이번 시집 첫 쪽에 게재된 작품이다. 한 시집의 첫 작품은 그 시집의 현관과 같은 것이다. 어떤 집의 현관에만 들어서도 그 집 전체의 분위기를 감지할 수 있듯이, 위의 시 「해변」에만 들어서도 김형식의 시세계를 감자할 수 있다. 해변은 "너 나 할 것 없이/ 다 모여들지요"라는 이미지의 바닷가이다. '사람' 이란 말을 한 글자로 하면 '삶' 이 되고, '삶' 은 '살다' 라는 동사의 명사형이다. 사람 곧 삶의 생명성은 '살다' 라는 동사이고, 물의 생명성은 '흐름' 에 있으며, 그 기본형은 '흐르다' 이다. 그러니까 물의 삶은 '흐르다' 이고, 사람의 삶은 '살다' 이다.

물의 흐름은 무위의 자연이고, 사회적 역사의 흐름은 인위의 조작이다. 무위의 자연은 하늘의 뜻이지만, 인위의 조작은 "각을 세우고/ 모난 성깔들이/ 폼을 잡고 키재기하지요"와 같은 인위적 조작이다. 인위人爲는 글자 그대로 거짓(僞－人＋爲)이란 허물이 되지만 물의 흐름은 스스로 민물의 허물을 벗고 짠물이 되는 자연이다. 이 인위의 허물을 한자로 죄罪라고 하며, 인간의 마음이 입은 옷으로 비유된다. 민물의 허물을 벗고 짠물이 된 바다는 더 이상 흐르지 않고 파도만 일으키며 살아있음을 연출한다.

그래서 "파도에 부딪치고 깨지고/ 닳고 닳아서 푸석돌은 사라지고// 몽돌만 남지요"라는 이미지가 된다. 이 파도가 바다로 비유되는 민주사회의 여론이며, 이 여론이 곧 하늘의 뜻이다. 백성民이 곧 하늘天이기 때문이다. 그래서 시는 "너에게서/ 세상을 봅니다// 삶의 지혜를 배웁니다"로 마무리된다.

물의 흐름을 사회적 역사의 흐름에 비유할 때, 샘이 솟아 흐름이 시작되는 시내는 씨족사회, 시내가 모여 냇물이 되면 부족사회, 냇물이 모여 이룬 강물은 민족국가사회, 모든 강물이 하나로 모인 바다는 민주사회로 비유된다. 바다가 수평을 이루어 높낮이가 없듯이 민주사회에는 상전과 하인이 없고 평등만 있을 뿐이다. 바닷가의 「해변」에서 사람은 이런 지혜를 배워야 한다.

12지 동물은
뛰어서
걸어서
기어서
날아서
선달 그믐날 자정에 광화문 보신각에 도착했다

모두 살아서 돌아왔다

쥐가 머리띠 풀어 소에게 건넨다

송구영신送舊迎新

제야의 종소리
하늘로 걸어간다

－「다시 뚜벅뚜벅」 전문

위의 시는 시집 제1부의 표제가 된 작품으로 동양철학의 '12지 동물'을 제재로 하고 있다. 우주구성의 3요소인

'천지인天地人' 에서 '천지' 는 자연이고, 인人은 '인문人文' 이다. 실존철학에서는 천지자연은 존재자체이지만 인간존재는 '무無' 라고 한다. 자연은 스스로 있는 것이지만 인간존재를 구현할 인문은 실존實存이 무無라는 것이다. 눈에 보이는 육신의 인人은 있지만 문文이 이룩한 존재의 구현이 없다는 것이다. 사람은 곧 글文이다. 그래서 사람과 글, 곧 인문人文은 한 몸이다. 인人은 공간에 존재하는 육신의 상형이고, 문文은 보이지 않는 마음의 상형이다.

"원래 글을 뜻하는 글월 문文자는 사람의 몸에 심장을 그려 넣는 모습을 상형한 글자라고 한다. 좀 더 자세히 말하면, 죽은 사람의 가슴에 심장을 그려 넣음으로써 부활을 기원하는 의식의 한 과정이었다" 고 한다. 그러니까 글文은 사람의 심장 곧 마음이다. 그러한 인간의 이미지가 인문人文이며, 시詩인 것이다.

그래서 하이데거는 시를 '인간존재의 구현' 이라고 했다. 문文을 통해서 인간존재는 무無에서 유有가 되는 것이다. 눈에 보이는 흐름은 물의 흐름이고, 보이지 않는 흐름은 시간의 흐름이다. 눈에 보이는 육신은 공간에 존재하고, 보이지 않는 마음은 시간에 존재한다. 이 마음이 문文으로 형상화된 것이 문화와 문명이다.

김형식은 눈에 보이지 않는 시간의 흐름과 마음의 이미지를 "12지 동물은/ 뛰어서/ 걸어서/ 기어서/ 날아서/ 섣달 그믐날 자정에 광화문 보신각에 도착했다" 고 형상화하고 있다. 10간 12지의 어울림인 60갑자는 시간의 흐름을 인생의 흐름으로 표현한 철학이다. 그래서 "모두 살아서 돌아왔다// 쥐가 머리띠 풀어 소에게 건넨다// 송구영신送舊迎新// 제야의 종소리/ 하늘로 걸어간다"에서, '섣달 그믐날'은 쥐의 해인 2020년의 자정임을 알 수 있다. 쥐띠의 해에서 소띠의 해로 바뀌는 것을 "쥐가 머리띠 풀어 소에게 건넨다"라는 비유적 이미지로 형상화한 것에서 김형식 시인의 탁월한 상상력을 엿볼 수 있다. 시인의 상상력은 "제야의 종소리/ 하늘로 걸어간다"는 이미지로 시를 마무리한다.

2. 시는 신화神話이다

'시는 神話이다'라는 말은 시의 내용적 정의이다. 시의 내용, 즉 시는 무엇을 표현한 것인가라는 물음에 대한 답이다. 그러니까 시의 내용은 '神話'라는 것이다. 여기서 필자는 神話의 의미를 밝혀야 할 필요를 느낀다. 그러면 신화神話의 의미는 무엇인가. 신화 연구가들에 의하면 "① 신들의 이야기, ② 신과의 대화, ③ 신의 말씀"이다.

위의 세 가지 신화의 의미 중에서 시의 내용이 되는 것은 ②번의 '신과의 대화'이다. 오늘날에는 시라고 하면 서정시만을 가리키는 말이 되므로 '신과의 대화'는 곧 서정시에 대한 정의라고 할 수 있다. 그리고, ①번의 '신들의 이야기'는 신들이 주인공으로 등장하여 펼치는 이야기로서 그리스·로마신화 같은 것을 말한다.

이것도 시의 내용이긴 하지만 서사시와 극시의 내용인 것이다. 오늘날의 소설과 희곡의 내용에 대한 정의라고 할 수 있다. 그러니까 '신들의 이야기'는 결국 '사람들의 마음의 이야기'로 귀결되는 것이다. 그리스·로마신화에 등장하는 신들도 실은 사람들의 마음을 상징하는 것이다. 그리고 ③번의 '신의 말씀' 은 종교적 차원의 의미이다. 그러니까 서정시는 '신과의 대화' 를 내용으로 하는 것이다.

언어를 주워 모아
술을 담갔습니다

……(중략)……

술 빚으며 살다 보니
술독에 빠져서
술이 나인지 내가 술인지
모르고 살아가고 있습니다

분명한 것은 달과 별이
詩가 되었다는 사실입니다
삼라만상 두두물물이
아우성입니다
詩가 되고 싶답니다

……(중략)……

저의 주막酒幕에
한 번 들러 주세요

이 겨울,
첫눈이 내리던 날

–「시인의 주막」에서

시는 말씀 곧 언어예술이다. 예술藝術의 예藝자는 "인간이 나무를 심는 모습을 상형한 글자"이다. 자전에서는 이 글자를 '씨앗을 심다種也'라고 풀이하고 있다. 인간은 왜 나무를 심는가. 숲을 가꿔 열매를 맺기 위해서다.

여기서 "열매는 나무에 맺힌 자연의 결실이고, 시는 사람이 지은 생명의 열매이다"라는 은유가 성립된다. 그렇다면 예술藝術은 나무에 맺힌 열매처럼 자연스러운 예술작품을 짓는 기술이란 의미가 된다. 나무에 열매가 열리는 것은 자연이며, 사람이 시를 짓는 것은 인위人爲이다. 예술은 비록 인위人爲이지만 나무에 열매가 열리듯이 자연스럽게 작품을 창작하는 기술이란 뜻이다. 왜냐하면 인위人爲의 인人자와 위爲자를 합하면 거짓 위僞자가 되기 때문이다. 자연의 열매가 거짓 없는 '생명의 창조'이듯이 예술작품도 거짓 없는 예술적 진실의 구현이 되어야 한다는 의미이다.

위의 시는 시집 제2부의 표제가 된 작품이다. 위의 시 첫 연의 "언어를 주워 모아/ 술을 담갔습니다"에서 '언어로 담근 술'은 시인이 빚은 시를 은유한 것이다. 사실 술도 빚고 시도 빚는다고 할 수 있다. 인간사회에서 의사소통의 도구로 쓰이는 언어를 일상어라고 하고, 시인의 가슴속에서 발효되어 인간을 취하게 하는 언어를 시어라고 한다. 그러니까 위의 시 「시인의 주막」은 김형식의 시세계를 은유한 것이고, 술은 그의 가슴이 빚은 시를 은유한 것이다.

김형식은 지금 시 빚기에 빠져 있다. 그것을 "술 빚으며 살다 보니/ 술독에 빠져서/ 술이 나인지 내가 술인지/ 모르고 살아가고 있"다는 비유적 이미지로 그리고 있다. 김형식은 현재 시 삼매경에 빠져 있는 것이다. 시인이라는 이름을 가진 바에는 시 속에 빠져 시에 취해 살아야 한다. 그러나 참으로 "분명한 것은 달과 별이/ 詩가 되었다는 사실입니다/ 삼라만상 두두물물이/ 아우성입니다/ 詩가 되고 싶답니다"라는 자연과의 교감이 중요하다. '삼라만상'의 '시가 되고 싶다'는 아우성을 들을 수 있는 것이 중요하다. '달과 별'이나 '삼라만상'은 하나님 곧 신이 창조한 신의 작품이다. 신의 작품인 무위자연 속엔 신의 말씀이 숨겨져 있다. 이 말씀을 듣고 '신과의 대화'를 할 수 있는 사람이 시인이다. 그러므로 자연과의 교감은 곧 '신과의 대화'인 서정시이다. 이만한 경지에서 "저의 주막酒幕에/ 한 번 들러주세요// 이 겨울,/첫눈이 내리던 날"로 시를 마무리한다. 자신의 시집을 한 번 읽어달라는 당부이다.

눈이 내리고 있다

겨울 긴 긴 밤
누에가
뽕잎 갉아먹는 소리

뽕잎은
베개 밑에서
밤을 지새
자기 몸을 저며

누에에게 먹이고 있다

시인이 그렇다

-「시인」 전문

세상에서
가장 긴 시는 역사
세상에서
가장 짧은 시는 찰나刹那

역사가 있다
찰나가 없다

있다 없다,
유와 무는 생과 사
시는 삼천대천세계의 꽃
벌이 꽃 속에서 꿀을 따고 있다

-「시의 세계」 전문

시집 제2부의 표제 시 「시인의 주막」에서, "술 빚으며 살다 보니/ 술독에 빠져서/ 술이 나인지 내가 술이지/ 모르고 살아가고 있다" 고 했다. 여기서 술은 시를 은유한 것이며, 술독에 빠진 사람은 시인을 은유한 것이다. 사회의 사社자는 땅土 위에 제단示을 상형한 글자이며, 회會자는 사람들의 모임을 의미함으로, 사회는 하늘에 제를 드리기 위해 모인 사람들이란 뜻이라고 했다. 제를 드릴 땐 제단에 제물을 차려 놓게 마련인데, 제물 중에 제주祭酒를 담아 놓은 술병을 상형한 글자가 복福이라고 했다. 그래서 제사를 다 드리고 제주를 마시는 것을 음복飮福이라고 한다. 대표적으로 음복을 하는 사람이 제사장이다. 고대 사회에서는 이 제사장이 시인이며, 예언자였다. 제사장은 남은 못 듣는 하늘의 소리를 듣고 '신과의 대화'를 하는 시인이었던 것이다.

위의 시 「시인」에서 시인은 "눈이 내리고 있다// 겨울 긴 긴 밤/ 누에가/ 뽕잎 갉아 먹는 소리"를 듣고 있다고 했다. 겨울밤에 눈 내리는 소리를 "누에가/ 뽕잎 갉아 먹는 소리"로 들을 수 있는 시인은, 자신은 뽕잎이 되고, 뽕잎을 갉아 먹는 누에는 시로 비유했다. 그래서 "뽕잎은/ 베개 밑에서/ 밤을 지새/ 자기 몸을 저며// 누에에게 먹이고 있다"라고 한다. 눈이 내리는 긴 긴 겨울밤에 시인은 베개 밑에서 가슴을 저미며 시를 키우고 있는 것이다. 그래서 "시인이 그렇다"라고 시를 마무리한다.

그러면 그렇게 가슴을 저며 키운 「시의 세계」는 어떠한가. 김형식은 "세상에서/ 가장 긴 시는 역사/ 세상에서/ 가장 짧은 시는 찰나刹那"라고 했다. '역사'는 가장 긴 서사시이다. 그리고 '찰나刹那'는 한 순간에 떠올랐다 사라지는 영혼의 불빛이다. 번쩍 빛났다가 사라지는 번개와 같은 것이 벼락이다. 이 벼락이 금강경의 '금강金剛'에 해당되는 '바즈라vajra'이며, 이 벼락은 땅의 어둠을 갈라내는 '반야의 지혜' 라고 한다. 그래서 땅의 어둠속에 "역사가 있다"라지만, 이 어둠을 갈라낼 "찰나가 없다"고 한 것이다. 그러나 지혜의 꽃인 "시는 삼천대천세계의 꽃/ 벌이 꽃 속에서 꿀을 따고 있다"고 「시의 세계」를 형상화한 것이다. 이 정도의 긍지를 가진 시인의 시세계는 독자들이 꿀을 따먹을 수 있을 것이다.

은하에서
견우와 직녀가 만났다더니

지구별에 놀러 왔다가

풀숲에 애 하나 낳고 갔네

탯줄이 그대로 있어

-「애호박」 전문

시의 가장 중요한 요소는 상상력想像力이며, 상상想像은 우리말로 '그리다' 이고, 상상력은 '그리는 힘' 이다. 이 '그리는 힘' 은 '없음(無)' 을 느낄 때 더욱 풍성해진다. 부모가 없는 고아는 부모의 모습만을 그리고, 사춘기가 지나서도 연인이 없는 남녀는 연인의 상을 그린다. 마음속으로만 그리는 것은 '그리움' 이고, 선과 색채로 그리면 '그림' 이 되며, 말로 그리면 시적 이미지가 된다. 그래서 C. D. 루이스는 "시적 이미지는 말로 그린 정열적 그림" 이라고 정의했다. 여기서 정열적이란 말은 강열한 그리움을 가리키는 말이다. 그리움은 곧 사랑이다. 그러니까 시인은 강열한 그리움을 가진 사람이다. 모든 예술작품 곧 '시와 노래와 그림' 은 사랑의 열매이며, 영혼의 열매인 것이다.

호박넝쿨에 열린 애호박은 자연의 열매이고, 위의 시 「애호박」은 시인의 상상력이 빚은 사랑의 열매이다. 호박넝쿨에 열린 애호박을 보고, 시인의 상상력은 "은하에서/ 견우와 직녀가 만났다더니"라는 신화를 떠올리고, 그 견우와 직녀가 "지구별에 놀러왔다가// 풀숲에 애 하나 낳고 갔네// 탯줄이 그대로 있어"라는 이미지를 형상화한 것이다. 실제의 '애호박'은 시인의 시적 제재가 된 자연의 열매이며, '견우와 직녀'가 "지구별에 놀러 왔다가 // 풀숲에 애 하나 낳고 갔네"라는 것은 시인의 상상력이 그린 이미지이다. 호박넝쿨을 애가 달려 있는 탯줄에 비유하여, "탯줄은 그대로 있어"라고 한 것이다.

위의 시 「애호박」은 시인의 시적 상상력이 빚은 예술품이라 하겠다.

3. 시인은 임금이다

사람을 가리켜 '만물의 영장靈長'이라고 한다. 참 좋은 이름이다. 이 이름을 우리말로 옮기면 '임금'이다. '임금'의 '임'은 하늘(天神)이고, '금'은 땅(地神)이라고 한다. 그렇다면 '임금'은 하늘과 땅이 하나가 되어 이룩한 사람의 이름이다. 하늘은 사람의 마음(靈魂)이 되고, 땅은 사람의 육신(肉身)이 되어 사람이란 몸을 이룬 것이다. 그렇다. 사람은 '임(영혼)'과 '금(육신)'을 모은 몸이다. 그래서 몸이란 말은 사람에게만 쓰인다. 기어 다니는 동물의 존재는 몸이라 하지 않는다. 소나 돼지는 살이 쪘다고 하지 몸이 좋아졌다고 하지 않는다.

그렇다면 '모으다'라는 동사의 주어는 무엇인가. 누가 '영靈과 육肉'을 모아 몸이 되게 한 것인가. 성경에서는 "하나님이 땅의 흙으로 사람을 지으시고 생기를 그 코에 불어넣으시니 사람이 생령이 되니라"라고 했다. 하나님이 땅의 흙으로 육신을 지으시고, 하나님의 생기를 불어 넣으시어 생령生靈이 된 사람은 '영+육=1' 이 된 몸이다. 그래서 사람은 곧 만물의 영장이며, 임금이다. 하나는 하나일 뿐 둘이 아니다. 몸은 임금일 뿐 영과 육으로 나누어지지 않는 사람이다. 땅을 딛고 두 발로 걷는 만물의 영장이다.

임금을 뜻하는 한자로는 임금 주主와 임금 왕王 그리고 임금 군君자가 있다. 이 중에 주主는 천신天神의 '임' 이고, 왕王은 지신地神의 '금' 이며, 군君자는 "입으로 말을 하는 것의 상형" 이므로 모든 사람을 가리켜 '군君' 이라 한 것이다. 그래서 김군, 이군이라 하는 것은 임금과 같이 귀한 존재라는 뜻이다.

뛰어라

봄

들판을
가로질러
달려오는 아지랑이

–「야생마」 전문

곡우穀雨댁이
밭둑에 앉아
젖을 물리고 있다

보채는

봄순이

파랗게 옹알이한다

– 「봄비」 전문

사람이 침팬지와는 98.7%, 고릴라와는 97.7%, 오랑우탄과는 96.4%의 유전자가 같다고 한다. 그렇다면 1.3%, 2.3%, 3.6%의 차이 때문에 원숭이가 아닌 사람이 된 것이다. 1.3%가 다르기 때문에 98.7%가 같아도 침팬지는 사람이 아니다. 이 1.3%가 사람과 침팬지 사이의 건널 수 없는 강이다. 이 1.3%가, 사람은 왜 사람인가에 대한 답이기도 하다. 그러면 왜 사람인가. 말을 쓰기 때문이다. '말을 쓰다'의 명사형인 말씀 때문에 임금(君)이 된 것이다. 그렇다면 언어예술을 하는 시인은 참 임금이 되어야 한다. 침팬지는 사람이 하는 짓을 98.7%까지 다 따라 흉내 내지만 말만은 따라하지 못한다. 언어예술인 시도 짓지 못해 시원詩猿도 없다.

봄을 제재로 한 짧은 시 두 편을 인용했다. 왜냐하면 예술은 설명이 아니라 이미지 형상화이기 때문이다. 위의 첫 작품 「야생마」는 봄을 '야생마'의 이미지로 형상화했다. 이 시는 "뛰어라// 봄// 들판을/ 가로질러/ 달려오는 아지랑이"에서 보듯, 모두 6개의 단어로 구성된 짧은 시이다. 긴 겨울 동안 웅크리고 있던 마음이 '야생마'처럼 뛰고 싶은 심정의 이미지이다. 봄도 야생마로 비유되고, 아지랑이도 야생마로 비유되었다. 봄을 맞아 활짝 피어나고 싶은 심정의 표현이다.

그 다음 「봄비」는 곡우穀雨의 절기를 의인화해서 "곡우穀雨댁이/ 밭둑에 앉아/ 젖을 물리고 있다"에서 보듯, 무위의 자연현상을 모성애의 이미지로 그리고 있다. 그러고 보니 목마른 이른 봄은 젖을 빠는 어린 딸이 되어, "보채는// 봄순이// 파랗게 옹알이한다"라는 아름다운 이미지로 그려진 것이다. 봄에 돋아나는 새싹을 "파랗게 옹알이한다"라는 놀라운 비유적 이미지이다. 새싹들의 피어남을 '파란 옹알이'로 들을 수 있는 사람이 '신과의 대화'를 할 수 있는 시인이다.

봄바람이 손 내민다

울밑에
아가들 도리도리 앙증맞다

봄을 깨우는
하얀 바람꽃

코로나 전쟁터
사경을 헤매고 있는 지구촌 전우들에게
지쳐 버린 의료진에게 희망을 담아 보내야지

힘내세요.

바람, 바람
바람꽃 편지 왔어요

-「바람꽃 편지」 전문

'시는 이미지이다' 라는 말은 시의 형식적인 정의다. 신神의 체험을 어떻게 형상화하여 보여주느냐 하는 물음에 대한 답이다. 신과의 대화인 신의 체험은 지식이나 사상이 아니다. 지식이나 사상이라면 설명이라는 형식을 통해 이해할 수 있다. 그러나 종교나 예술은 이해가 아니라 교감이며 체험이다. 종교의 교리를 이해함으로써 종교적 체험을 할 수는 없다. 마찬가지로 음악이나 미술이나 시도 이해하는 것이 아니라 교감하는 것이다. 시인은 시를 음악처럼 느끼게 하려고 청각적 이미지를 만들고, 미술처럼 느끼게 하려고 시각적 이미지를 만든다.

위의 시에서 "봄바람이 손 내민다// 울밑에/ 아가들 도리도리 앙증맞다"는 봄바람이 불어올 때 울밑에 돋아나는 새싹들이 흔들리는 모습을 의인화한 비유적 이미지이다. 셋째 연의 "봄을 깨우는/ 하얀 바람꽃"은, 겨울잠에서 깨어 일어난 봄이 꽃을 피우는 이미지이다. 봄바람은 손을 내밀어 초목을 흔들기도 하고, 꽃을 피우기도 한다. 봄이 잠을 깨어 일어나는 것을 절기로는 입춘立春이라고 하며, 봄바람이 산과 들에 꽃을 피우는 소식을 화신花信이라고 한다.

이 화신이 곧 위의 시 「바람꽃 편지」인 것이다. 이 꽃소식을 "코로나 전쟁터/ 사경을 헤매고 있는 지구촌 전우들에게/ 지쳐버린 의료진에게 희망을 담아 보내야지"에서 보듯, 코로나 전쟁터인 세계적 고난에 대해서도 봄바람의 꽃소식을 보내고 싶은 것이다. 자연과 교감하는 시인의 현실에 대한 사랑과 관심의 이미지이다. 그래서 "힘내세요// 바람바람/ 바람꽃 편지 왔어요"라고 시를 마무리

한다. 아름다운 시의 세계이다. 이 「바람꽃 편지」는 소망의 편지인 것이다. 봄바람의 편지는 곧 꽃소식이기 때문이다.

모락모락 김이 나는
밥 한 그릇
내 앞에 앉는다

수저를 들 때마다
나를 쳐다본다

'어서 먹어라'

내 배를 채워 주고
다 비운다

빈 밥그릇

식사 때마다
나는
부처님 법문을 듣는다

-「빈 밥그릇」 전문

언어 곧 말씀의 기능엔 설說의 기능과 예藝의 기능이 있다. 설의 기능엔 '진리를 밝히는' 설명說明과 '가르치기 위한' 설교說敎가 있으며, 예의 기능엔 창조와 창작이 있다. 예의 기능인 창조創造와 창작創作에서, 창創은 없음(無)에서 있음(存在)이 되게 한다는 뜻이다. 하나님이 창조하신 것은 자연의 조물造物이고, 사람이 창작하는 것은 인위의 작품作品이다. 이미지(心象)는 마음속 그림이란 뜻이다. 위의 시는 마음속 그림의 형상화이다. 김형식의 마음속 그림은 「빈 밥그릇」과 같은 아공我空 혹은 무아無我의 경지이다.

위의 시 첫 연의 "모락모락 김이 나는/ 밥 한 그릇/ 내 앞에 앉는다"라는 밥그릇의 의인화는 시인 자신이 「빈 밥그릇」이 되고 싶다는 소망의 이미지이다. 그리하여 "수저를 들 때마다/ 나를 쳐다본다// '어서 먹어라' // 내 배를 채워 주고/ 다 비운다// 빈 밥그릇" 에서 보듯, 내가 밥을 먹는 게 아니라, 의인화된 밥그릇이 나에게 '어서 먹어라' 하고, 밥그릇은 스스로 '다 비운다' 고 하여, 밥그릇의 속 비움을 아공我空에 비유한 이미지이다. 그래서 시인은 "식사 때마다/ 나는/ 부처님의 법문을 듣는다" 고 한 것이다. 부처님의 법문은 '다 비우라' 는 말씀이다. 시의 주제는 언어의 설說의 기능에 속하는 교훈적이지만, 그 형식은 비유와 상징으로 예의 기능인 이미지 형상화를 통해 새로운 시를 창작한 것이다. 이것이 바로 시인의 사명이다.

왜 우리가 남의 나라 간섭을 받아야 하는가
외세의 농간에 놀아나 좌니 우니 박이 터져라 싸우고 있어야만 하는가
이이제이以夷制夷 전법에서

벗어나 국론을 하나로 모아야 한다

핵을 갖자
우리가 사는 길은
자력으로 힘을 기르는 것이다

왜 광화문에
성조기가 필요한가
바람으로부터
벗어나 자립해야 한다

바람바람바람
미친바람 쪽바람 떼바람
바람으로부터 벗어나자

핵을 갖는 것만이
대한민국을 지키는 길이다

-「바람으로부터 벗어나기」 전문

위의 시는 시집 제8부의 표제가 된 작품이다. 물의 흐름은 무위의 자연이고, 역사의 흐름은 인위의 조작이다. 흐르는 물을 그릇에 담아 놓으면 죽은 물이 된다. 그릇은 인위의 틀(型)이다. 역사의 흐름도 인위의 틀에 갇히면 그 혼이 죽는다. 역사의 흐름을 가두는 인위의 틀은 위의 시에서 '바람' 이라고 한 외세이다. 이 외세에 의해 우리 민족의 영혼은 틀 속에 갇혀 잠들었다. 조선시대까지는 중

국에 대한 사대주의事大主義에 갇혀 잠들었고, 일제식민시대에는 친일이라는 주구의식走狗意識에 갇혀 잠들었으며, 현대에는 미국에 대한 사대주의에 갇혀 잠들었다.

주구走狗는 사냥개이다. 개는 원래 야생이었는데 인간에게 잡혀 길이 들어 주구 곧 사냥개가 되어 자기의 동족인 야생동물을 잡아다 인간에게 바치고, 제 동족의 뼈다귀조각이나 얻어먹고 꼬리치는 동물이다. 사대주의도 주구의식과 같은 것이다. 일본의 주구는 우리의 독립군을 물어다 일제에게 바쳤다.

위의 시 첫 연은 "왜 우리가 남의 나라 간섭을 받아야 하는가"로 시작하고, 둘째 연은 "핵을 갖자"로 시작한다. 이제껏 사대주의의 틀에 갇혀 잠든 민족혼을 깨우자는 것이다. 핵核은 무엇인가. 핵은 열매의 씨이며, 물건의 중심이 되는 알갱이이다. 민족으로는 민족혼이며, 개체의 인간으로는 정신이다. 이제까지의 김형식의 작품에서 보여준 비유와 상징의 기법으로 보아, 핵무기의 핵으로 간단히 처리하기가 쉽지 않다. 그래서 핵核의 원래의 의미로 본 것이다.

셋째 연의 "왜 광화문에서/ 성조기가 필요한가/ 바람으로부터/ 벗어나 자립해야 한다"에서 보면, 사대주의의 틀에 갇혀 잠든 우리의 영혼이 깨어나야 한다는 외침이다. 영혼은 죽지 않고 잠들 뿐이다. 이 영혼이 깨어 일어나는 것을 흥興이라 하고, 흥의 반대는 망亡이다. 공자도 "시에서 영혼이 잠을 깬다(興於詩)"고 했다.

그래서 넷째 연의 "바람바람바람/ 미친바람 쪽바람 떼바람/ 바람으로부터 벗어나자" 다음에 "핵을 갖는 것만이/ 대한민국을 지키는 일이다"라고 시를 마무리한다. 이것은 사대주의事大主義의 틀에 갇혀 잠든 민족혼을 깨워 일으키는 일만이 대한민국이 망하지 않는 길이라는 시인의 외침이다.

오늘은 성탄일
아기 예수님의 탄신을 축하드립니다
나는 불자로서 조석으로 부처님께 예불드리고
108 대참회의 절을 올리고 있습니다
오늘만은 성자 예수님께
백팔 대참회의 절을 올리겠습니다

성부와 성자와 성령의 이름으로 절합니다

108 대참회의 절은 3번의 귀의, 57번의 참회, 21번의 감사,
26번의 발원, 1번의 회향의 절로 이루어져 있습니다

예수님께
구하지만 말라
너는 한 번이라도 이웃에게
예수님이 되어본 적이 있느냐

성부와 성자와 성령의 이름으로 절합니다

… (중략) …

대자대비하신 예수님이시여, 거듭 참회하고 발원하옵니다
저의 기도를 섭수하여 주시옵소서

예수님께
구하지만 말라
너는 한 번이라도 이웃에게
예수님이 되어본 적이 있느냐

성부와 성자와 성령의 이름으로 아멘

－「성탄절에 108배」 서두와 마무리 부분

이 시는 김형식 시인의 제 6시집 『성탄절에 108배』의 표제시로 본고의 마지막 인용 작품이다.

"오늘은 성탄일/ 아기 예수님의 탄신을 축하드립니다/ 나는 불자로서 조석으로 부처님께 예불드리고/ 108 대참회의 절을 올리고 있습니다/ 오늘만은 성자 예수님께 108 대참회의 절을 올리겠습니다"라는 첫 연으로 시작하여, 무려 124행 8연의 장시이다.

이 작품은 이른바 성불을 꿈꾸며 20여 년 간 입산수도하고 있는 불자시인 김형식이 종교인들에게 던지는 화두이며 하늘 끝까지 쌓아 놓은 종교간의 벽을 허물어 내자는 평화의 메시지이다. 더불어 온 인류가 종교의 옷을 벗고 하나가 되자는 간절한 외침이기도 하다. 종교의 사명은 세상을 종교화하는 데 있는 것이 아니라 인간화하는 데 있다. 하나님은 기독교만을 위해서 세상에 온 것이 아니라 세상 모두를 위해 왔기에 하나님의 행동의 장은 교회뿐만이 아닌 온 세상이다. 그리하여 김형식 시인은 종교 본연의 가치는 교리 자체가 아닌 교리가 현실에서 맑고 향기롭게 실현될 때 비로소 드러나는 것임을 이 작품에서 일깨우고 있다. 종교가 불멸성과 내세성을 얘기하지만 사회 정의와 공공성을 놓치면 가짜가 된다. 참으로 무거운 돌멩이를 우리 모두에게 던져 주는 김형식 시인의 준엄한 외침인 것이다.

인간人間의 우리말은 '사람사이'이며, 이를 가리켜 사회社會라고 한다. 그러니까 사람이 살아가는 것은 곧 인간되기이며, 공명정대한 사회를 이루는 것이다. 사회社會의 사社자는 땅土 위에 제단示을 상형한 글자이고, 회자는 사람이 모인다는 뜻이다. 제단 앞에 사람이 모이는 것은 하늘에 祭를 드리기 위해서다. 제祭는 제단 위에 제물을 차려놓은 것의 상형이며, 제를 드리는 목적은 복福을 받기 위해서인데, 이 복 복福자는 제단에 술을 가득 담아놓은 술병을 상형한 글자이다. 그러니까 제祭를 드리기 위해 모인 사람들의 모임이 곧 사회이며, 제를 드림으로써 하늘로부터 복을 받는 것이 사회의 흥왕興旺이다.

제단에 차려놓은 제물祭物과 제주祭酒는 사람이 하늘에 드리는 정성일 뿐 하늘이 먹거나 마시지는 않는다. 오히려 제를 드리러 모인 사람들이 먹고 마신다. 그런데 왜 제단에 차려놓은 제물祭物, 곧 먹거리보다 제주祭酒가 복福인가. 먹거리를 먹고는 배만 부르지 취하지는 않는다. 그러나 술을 마시면 취하게 된다. 취醉한다는 것은 나(酉)라는 자아는 없어지고(卒), 우리가 되어 어울리는 즐거움이며, 신과 만나는 경지에 들어가는 것이다. 춤과 노래로 신과 어울려 신나는 잔치자리가 되는 것이다. 그래서 이 제주祭酒를 마시는 것을 음복飮福이라고 한 것이다.

그러니까 시집 『성탄절에 108배』의 시세계는 나(私)를 벗고(解脫) 무아無我의 경지에 이르는 이미지이다. 그 대표적 이미지가 "나는 불자로서 조석으로 부처님께 예불드리고/ 108 대참회의 절을 올리고 있습니다/ 오늘만은 성자 예수님께/ 108 대참회의 절을 올리겠습니다"라고 하였다. 불자나 기독교인이라는 것은 사람의 마음이 입은 옷이다. 이 옷을 인위의 틀(型)로 만들어 고정시키면 허물이 된다. 이 허물을 벗는 것이 해탈이며, 「성탄절에 108 대참회의 절」의 이미지인 것이다.

4. 마무리

이제까지 김형식의 제6시집 원고를 중심으로 그의 시세계를 살펴봤다. 그 결과 김형식의 시세계야말로 '신과의 대화'의 형상화이며, 임금의 정신을 구현하고자 하는 사랑임을 확인할 수 있었다. 여기서의 임금은 땅 빼앗기 싸움에서 이기고 땅을 차지한 왕王이 아니라, 자신의 몸을 불태워 모두에게 빛과 사랑이 된 주主이다. 주主의 밑 부분은 왕王이 아니라 촛대의 상형이고, 위의 점은 촛불의 상형이라고 한다. 그리고 주의 우리말은 서로 사랑하는 '임'이다. 모든 성인聖人들의 행적이 주님의 행적이다. 이 주님의 행적 중 가장 중요한 것이 종교이며, 우리나라에서 가장 중요한 역사적 종교는 불교와 기독교이다.

종교는 영혼의 세계이기 때문에 인위적인 틀(型)을 벗

고 새로운 모습(形)으로 거듭나야 한다. 이를 가리켜 불교에서는 해탈이라 하고, 기독교에서는 회개라고 하며, 예술에선 새로운 형상화形象化라고 한다. 김형식은 언어예술에 종사하는 시인이다. 그러므로 그의 시세계는 새로운 시로 형상화해야 한다. 그 새로운 시의 전형이 김형식의 제6시집 『성탄절에 108배』라고 할 수 있겠다.

성탄절은 예수의 탄생일인 크리스마스이고, 108배는 불교의 대표적 수행의 길이다. 김형식은 "나는 불자로서 조석으로 부처님께 예불드리고/ 108 대참회의 절을 올리고 있습니다"라고 공부인으로서의 일상을 밝히고, 『성탄절에 108배』라는 시집을 출간하고 있는 것이다. 그는 가장 긴 시는 역사라고 정의했다. 그런데 역사는 모두 인위적인 조작으로 우리 영혼을 잠들게 했다. 영혼이 잠드는 것은 망亡이고, 깨어 일어나는 것은 흥興이다.

지금은 전 세계적으로 영혼이 잠들어 인류의 망亡이 다가오고 있다. 이때에 시에서만 영혼이 깨어난다고 하는 공자의 말을 생각하게 한다. 종교 간의 벽을 넘어 참 스승을 기다린다. 김형식 시인을 주목하며 김형식 시집의 해설을 쓰게 되었음을 기쁘게 생각한다.

성탄절에 108배

•

지은이 / 김형식
발행인 / 김영란
발행처 / 한누리미디어
디자인 / 지선숙

•

08303, 서울시 구로구 구로중앙로18길 40, 2층(구로동)
전화 / (02)379-4514, 379-4519
Fax / (02)379-4516
E-mail/hannury2003@hanmail.net

•

신고번호 / 제 25100-2016-000025호
신고연월일 / 2016. 4. 11
등록일 / 1993. 11. 4

•

초판발행일 / 2021년 6월 15일

•

•

값 12,000원

•

•

ISBN 978-89-7969-841-1 03810